POÉSIES

PAR

M. PIERRE BATLLE.

PERPIGNAN.

IMPRIMERIE DE J.-B. ALZINE.

*

1836.

Poésies.

POÉSIES

PAR

M. PIERRE BATLLE,

EXTRAITES

DU SECOND BULLETIN PUBLIÉ PAR LA SOCIÉTÉ PHILOMATHIQUE DE PERPIGNAN.

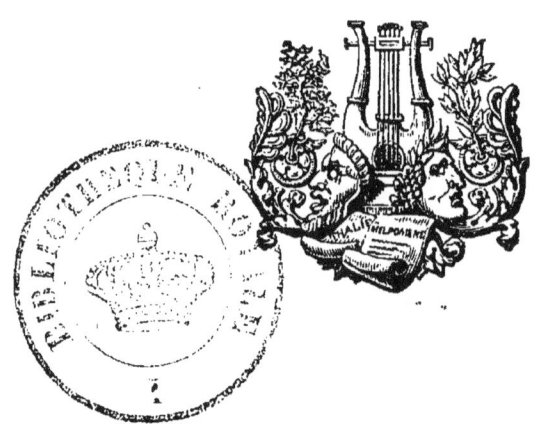

PERPIGNAN.

IMPRIMERIE DE JEAN-BAPTISTE ALZINE.

❋

1836.

POÉSIES.

AU ZÉPHYR.

✳

« Un jeu du zéphyr t'a fait naître. »
(AMABLE TASTU.)

Des monts la bleuâtre ceinture
Se dore aux premiers feux du jour.
C'est l'heure où, vers Dieu, la nature
Élève son hymne d'amour.

L'heure où la plaine rajeunie
De l'aube secouant les pleurs
Exhale des flots d'harmonie
Qu'embaume l'haleine des fleurs.

Mais, lorsque pour un tel hommage,
Vagues du lac, rameaux des bois,
Gazons, tout possède un langage,
Un bruit, une plainte, une voix;

D'où vient qu'ici je ne recueille
De la forêt, des bords de l'eau,
Pas le murmure d'une feuille,
Pas l'humble soupir d'un roseau;

Seulement, des jeunes volées
Qui peuplent ce feuillage vert,
Les chansons, notes isolées
Du vaste et sublime concert!

Doux zéphyr! c'est que tu reposes
Las de jouer dans le vallon,
Encor plus enivré de roses
Que l'abeille et le papillon.

Tu dors, tu restes sans haleines
Pour ce lac aux flots assoupis,
Pour ces monts, pour ces vastes plaines
Blonds océans de mûrs épis.

Sans toi, plus d'amoureuses vagues
Qui viennent chanter sur les bords;
Plus de ces bruits confus et vagues
Que l'air roule et fond en accords.

Tout se tait; des sables de l'onde
A la cime des bois épais,

Une immobilité profonde
Étend une profonde paix;

Et la terre, à la voir éclore
Si grave, aux baisers du soleil,
Dans son calme, paraît encore
Garder un reste de sommeil.

Ainsi, la vierge, agenouillée
En quittant son duvet chéri,
Ne nous semble bien éveillée
Qu'après que sa lèvre a souri.

Reprends tes yeux, viens, doux zéphire!
Viens, entends l'appel de ma voix;
Caresse et fais encor sourire
L'onde, la prairie et le bois.

Que tu me plais! qu'avec délices,
Du vert sommet de ces coteaux,
Mon œil charmé suit tes caprices
Dans le feuillage et sur les eaux,

Soit qu'à des branches encor frêles
Tu te balances, gracieux,
En battant de tes folles ailes
Sur l'eau du lac, l'azur des cieux;

Soit que tu glisses dans la plaine
Te disputant avec l'oiseau
Un brin d'herbe, un flocon de laine
Tombé d'un rustique fuseau.

1*

Oh! plie encor ces jeunes tiges,
Ride ces flots harmonieux,
Rends-moi, rends-moi tous les prestiges
Dont tu sais enivrer les yeux!

Viens! et les branches scintillantes
Où pendent les pleurs de la nuit
Secoûront ces gouttes brillantes,
Diamans qu'un rayon produit;

Et des champs les fleurs dépouillées
Dans l'air, par légers tourbillons,
S'envoleront, comme effeuillées,
En essaims de frais papillons;

Et je verrai la blanche voile
Cygne argenté de ce lac pur,
Fuir rapide, et, comme une étoile,
Se fondre en glissant sur l'azur.

Oh viens! mais la voile palpite,
La feuille bat autour de moi,
L'herbe frissonne, l'eau s'agite!...
Charmant zéphyr! ah! c'est bien toi!

Oui c'est toi; vainement ton être,
Comme celui de l'Eternel,
Echappe à qui veut le connaître,
Invisible au regard mortel;

Je te vois; l'arbre qui s'éveille
A ton souffle mystérieux,

Comme des bruits pour mon oreille,
A des battemens pour mes yeux.

Je te vois, quand, sur les prairies,
Ces hauts marronniers murmurans
Dispersent leurs grappes fleuries
En flocons de neige odorans ;

Je te vois, quand, brillant ou sombre,
Un nuage emporté dans l'air,
Fait à mes pieds glisser une ombre
Presqu'aussi prompte que l'éclair.

Je te vois, quand cette eau plaintive,
Bleu tapis au reflet changeant,
Ecumeuse en battant la rive,
Y jette une frange d'argent!

Et, comme un frisson du feuillage,
Un flot nuancé de saphir
Qui vient s'argenter au rivage
Me disent : voilà le zéphyr !

De même, quand je vous contemple,
Terre, Océan, globes de feu!
Ma raison, à l'aspect du temple,
Me dit aussi : voilà le Dieu!

Et, repoussant les vains nuages
Que l'erreur soulève ici bas,
Humble, prosterne ses hommages
Devant ce Dieu qu'on ne voit pas.

Qu'on ne voit pas! pour l'œil de l'âme
Cependant visible en tous lieux,
Et dont le nom, en traits de flamme,
Eclate sur le front des cieux!

Ah! sur ton aile qui s'éveille
Zéphyr! ainsi qu'un pur encens
Recueille, et porte à son oreille
Et mes soupirs et mes accens.

Dis-lui que ma vie est amère,
Mais que j'en aime les douleurs,
Car toute joie est éphémère
Et je sais qu'il compte nos pleurs.

Dis-lui qu'encor jeune, et des rides
Ayant déjà subi l'affront,
Je bénis les printems arides
Qui les creusèrent sur mon front;

Que je saurai jusqu'à la lie,
Sans murmurer contre le ciel,
Vider cette coupe remplie
D'absinthe, où nage un peu de miel;

Mais que, sur l'orageuse terre
Où pas un beau jour ne m'a lui,
Mon âme triste et solitaire
Brûle de remonter à lui.

ROMÉO.

✻

« *What light through yonder windowbreaks!*
« *It is the east, and Juliet is the sun!* »

(SHAKSPEARE.)

D'un long exil le ciel enfin me venge,
Je te revois; et mes bras caressants
Peuvent encor te presser, ô mon ange!
Contre ce cœur ému de tes accents.

Seul avec toi, quand une nuit profonde
Clôt tous les yeux, indiscrets ou jaloux;
Quand tout se tait et s'endort dans le monde,
Tout! excepté les étoiles et nous!

Ah! ce bonheur, prix d'une longue peine,
Tu le devais à ce cœur déchiré;
Aux bords lointains où je traînai ma chaîne,
J'ai tant langui, tant souffert, tant pleuré!

Là, sous des bois dépouillés de verdure,
Que nul rayon, tombé d'un ciel brumeux,
Ne consolait d'une sombre froidure,
J'allais m'asseoir, triste, triste comme eux.

Et je laissais flotter de rêve en rêve
Mon cœur gonflé de regrets palpitans,
Et, comme l'arbre où sommeille la sève,
Je me disais: quand viendra le printems?

Il est venu, te voilà!..... que m'importe
De retrouver, comme ailleurs, sur ce bord,
Un soleil pâle, une nature morte,
Un ciel voilé, sans hirondelle encor!

L'astre charmant levé sur mes années
A reparu; dans mon cœur radieux
Tout refleurit, tout; les belles journées,
Mieux que du ciel, me viennent de tes yeux.

Vois, aux feux purs de ces yeux que j'adore,
Vois s'effacer la trace de mes pleurs
Comme, aux rayons d'une vermeille aurore,
Les gouttes d'eau qui tremblent sur les fleurs.

Ma Juliette! oh! laisse ton visage
S'épanouir aussi; plus de chagrin!
Il ne faudrait sur ton front qu'un nuage
Pour m'obscurcir le jour le plus serein.

Souris, souris! J'ai besoin de ta joie;
Dis-moi, chérie! oh! dis-moi, par pitié,
Que des tourmens dont mon cœur fut la proie
Le tien, du moins, n'a pas eu sa moitié.

Moi, je suis fait à la douleur; contre elle
Je puis trouver d'énergiques efforts;
Mais toi, si jeune, et si douce, et si frêle!
Bientôt sous l'ame aurait fléchi le corps.

Qui? toi, déjà pencher ta blonde tête!
Toi, t'affaisser au souffle du malheur,
Comme un épi battu de la tempête,
Comme un lilas qui sèche à peine en fleur!

Oh! du calice où nos lèvres ensemble
Boivent la vie, en bénissant le ciel,

A moi, Seigneur à moi, ce qu'il rassemble
De pleurs amers ! pour elle, tout le miel !

Protégez-là, je la mets sous votre aile !
Quand nous marchons en nous tenant la main,
Mon Dieu ! mon Dieu ! que je tombe avant elle
Si vous devez me la prendre en chemin !

Et si cette ange, hélas ! m'était ravie,
Où reposer, ici bas, mon espoir,
Moi, qui voudrais effacer de ma vie
Chaque moment écoulé sans la voir !

Moi, qui, le soir, quand un pieux délire
A votre autel me jette à deux genoux,
En vous priant, ne cesse de vous dire :
« Elle, en ce monde ; et, dans l'autre, elle et vous ! »

Oui, toujours toi, Juliette ! oui, nos ames
Ne se feront, sur ce bord, leurs adieux,
Que pour aller, sur des ailes de flammes,
Se joindre encore et s'aimer dans les cieux.

Là, sont unis, dans le sein de Dieu même,
De leurs tourmens à jamais délivrés,
Ceux dont l'amour ici bas fut extrême
Et que le monde, hélas ! a séparés ;

Pauvres oiseaux, qui n'ont qu'avec mystère
Sur leur buisson chanté quelques beaux jours,
Et sont passés tristement sur la terre
Sans y trouver un nid pour leurs amours !

La nuit déjà va replier ses voiles ;
Au jour naissant dérobons nos transports ;
Adieu ! ce soir, au retour des étoiles,
Je serai là... je ne vivrai qu'alors.

LE VOLEUR DE ROSES.

*

Sous des rosiers j'ai trouvé, ce matin,
L'Amour blotti. Je crains qu'il ne me guette,
Et, tout d'abord, je veux fuir; en cachette,
Puis, me glissant jusqu'aux pieds du lutin :
« Oh! le pauvret a les paupières closes;
« Le beau moment pour lui voler ses roses! »

Dans le parterre aussitôt me voilà,
Moissonnant tout, rose, lis, violette;
Vénus accourt... la moisson est complète;
Il est bien tems de donner le holà.
« Dans mes jardins quelles métamorphoses! »
Dit-elle. « Amour, qui m'a volé mes roses? »

—« Las! » lui répond, tremblant d'être puni,
Le bel enfant. « Je dormais sous l'ombrage;
« Mais tu sauras que l'auteur du dommage,
« En s'esquivant a dit : *C'est pour Jenni!* »
—« Oh! pour Jenni! ce ne sont lettres closes;
« Va, je connais le voleur de mes roses. »

PROMENADE.

*

A MON AMI ALFRED.

> « Tu t'abattis vers moi ; des sphères immortelles
> « Tu me vantas l'éclat, les chœurs mystérieux ;
> « Et soudain, comme toi, je secouai mes ailes
> « Et nous partîmes pour les cieux. »
>   (REBOUL.)

L'aurore s'éveillait et mon coursier rapide
Déjà vers Estagel galopait sous son guide.
A mon duvet, toujours tardivement quitté,
Quel démon m'arracha ? la curiosité.
De la terre par vous nouvellement acquise,
Dans le riant vallon que l'Agli fertilise,
J'entendais chaque jour vanter les belles eaux,
Les verts gazons, les bois tout gazouillants d'oiseaux,
Et je courais, manquant ma grand'messe, un dimanche,
Pour faire connaissance avec la *ferme blanche*.
Blanche ! nom pour mon cœur facile à retenir !
C'est qu'il y réveillait un tendre souvenir ;
C'est que ce nom si doux, jadis en traits de flamme,
Par l'amour le plus vrai fut gravé dans mon ame ;
Mais, sous l'aile du tems effacé sans pitié,
Il a fait place au vôtre, écrit par l'amitié.
Or, tandis qu'Alonzo, tout poudreux, hors d'haleine,
De son galop rapide ainsi battait la plaine,
Mon esprit, s'isolant de mon corps harassé,
Galopait, à son tour, sur le sol du passé,
Et je pensais à vous, mon ami, mon poëte !
A vous, des livres saints éloquent interprète,
Barde inspiré du ciel, dont la puissante voix

Sut au bercail divin ramener tant de fois
Un pauvre agneau perdu qui laissait, sur la route,
Sa robe d'innocence aux épines du doute,
Tandis qu'à ses côtés, de l'ennemi de Dieu,
Étincelait déjà dans l'ombre l'œil de feu.
Et je me rappelais tant de graves pensées,
Par vos pieux discours dans mon ame versées,
Tant de germes féconds de grâce, à qui je doi
La chrétienne moisson que je recueille en moi;
Et mes doux entretiens avec vos sœurs, ces anges,
Qui devant moi du Christ entonnaient les louanges,
Et dont le frais sourire et les traits gracieux
Font rêver la beauté des purs anges des cieux.
« Heureux le jour » disais-je « où près d'Alfred, près d'elles,
« Ce cœur, plein trop long-tems de flammes criminelles,
« Comprit enfin la vie, et sentit qu'ici bas
« Le bonheur ne peut être où la vertu n'est pas,
« Que la fièvre des sens le trouble, l'empoisonne,
« Et qu'on le cherche en vain sans Dieu qui, seul, le donne!»

Et voilà que mon sein battait, battait alors,
Noyé de pure extase et de fervents transports,
Voilà qu'en poursuivant ma rêverie austère
Je m'arrachais si bien aux pensers de la terre,
Qu'emporté sur ma selle, à quatre pieds du sol,
Je me croyais nageant dans les cieux à plein vol,
Comme si, pour monter aux voûtes éternelles,
Les pieds légers d'Alonze avaient été des ailes.
Mais des plaines du ciel, par la réalité,
Sur mon chemin pierreux soudain précipité,
Que vois-je?... Est-ce un démon qui, pour tenter mon ame,
Fut vomi par l'enfer? Eh non! c'est une femme;
Mais une femme vieille, à l'œil cave, au front noir,
Et non moins qu'un démon épouvantable à voir.
Mon Andalous rétif qui, derrière une haie,
L'aperçoit en passant, comme moi, s'en effraie;

Il recule, s'entête, et l'œil sur ces appas,
Me témoigne par bonds qu'il n'avancera pas.
A mes talons d'acier ses flancs étaient en butte;
J'aurais pu la pousser, mais risquer une chute!...
La prudence et la peur ont sû me rendre humain,
Et me voilà bientôt, à pied, sur le chemin.
La grosse villageoise assise, est là qui file,
Et montant mon esprit sur le ton de l'idyle :
« O miracle d'amour ! » lui dis-je « ici je vois
« Le chemin que je suis se diviser en trois;
« Daigne, pour m'adresser quelques douces paroles,
« Des roses de ta bouche entr'ouvrir les corolles;
« Où passer, pour aller à la ferme, dis-moi,
« Que l'on appelle *Blanche,* et qui l'est moins que toi?»

J'entends peu son jargon; mais ce qu'elle bredouille
M'est dit plus clairement d'un signe de quenouille.
Je repars, je m'éloigne aussi prompt que l'éclair...
Et voilà ces Iris qu'a tant chanté Gessner !

Je te découvre enfin retraite pastorale
Qui dois de *Font-Alègre* être la succursale,
Où je puis espérer de voir, avec le tems,
Alfred et ses trois sœurs venir chaque printems,
Arrivés comme un vol de fraîches hirondelles,
Et prompts, avant l'hiver, à repartir, comme elles.

Oh! de combien de plants, gravement discutés,
Comme une loi d'amour par nos bons députés;
De combien de projets tournés vers ces demeures
Tu vas, aux bords du Gard, le soir, bercer leurs heures!
Vois-les, tous quatre, assis autour de leur foyer,

Où brûle, en pétillant, le hêtre et le noyer,
Un crayon à la main, déterminer, par lignes,
Où jauniront tes blés, où verdiront tes vignes.
On plante l'avenue : on y viendra souvent,
Causer, lire, jeter une romance au vent,
Se promener parfois, soucieuses et lentes,
Et, quelquefois aussi, rapides Athalantes,
Se disputer, aux yeux d'Alfred plein d'équité,
La palme de vitesse et de légèreté.
Ici, le vaste enclos, tout muré de charmille,
Où de leurs mûriers nains grandira la famille ;
Là, le jardin : des fleurs, des jasmins espagnols,
Où viendront, tous les soirs, chanter les rossignols ;
De riches espaliers, arrosés par une onde
Qu'à deux cents pieds sous terre ira chercher la sonde.
Et puis, vient le château, fier de sa double tour,
Avec terrasse au faîte et galerie autour ;
La chapelle gothique, où ces ames si hautes,
Moins que pour leurs péchés, prîront Dieu pour nos fautes,
Et puis, encor la ferme et son grand réservoir ;
Et puis, la bergerie, où leurs mains, chaque soir,
Iront, avec délice, exprimer des mamelles
Un lait rivalisant de blancheur avec elles.
Enfin, tout ce qui doit à nos amis, un jour,
De cet agreste lieu faire aimer le séjour :
Élégante maison, grand parc, pures fontaines,
Orangerie en fleurs, bois aux cîmes hautaines,
Tout existe déjà, tout, et jusqu'à présent
Pas un sac dépensé ; tout s'est fait... en causant.

Mais dans mon paysage — Oh ! quelle étourderie ! —
N'ais-je pas oublié votre magnanerie ?
Où la bâtirons-nous?... là ; tout semble devoir
Y seconder nos soins et combler notre espoir.
Ce *nôtre* n'est point là par besoin d'hémistiche :
L'or que gagne un ami rend son ami plus riche.

C'est donc là que naîtront ces vers industrieux ,
Dont le travail étonne et l'esprit et les yeux;
Là qu'Estelle , Rosa , Clémentine , avec joie,
Viendront couler des jours filés d'or et de soie,
Et que l'on me verra , pour leurs chers nourrissons ,
Des feuilles du mûrier faire d'amples moissons.
Oh! quand viendront ces jours! Daigne, Dieu que j'implore,
Daigne, pour mon bonheur, en avancer l'aurore!
Mais, je ne forme, hélas! que de stériles vœux;
L'âge courbe ma tête et blanchit mes cheveux;
Seule, mon ame encore est pleine de jeunesse;
Et lorsque vos mûriers, déployant leur richesse,
Ici, pourraient, par vous, me faire un sort si beau,
Peut-être les cyprès croîtront sur mon tombeau.

www.ingramcontent.com/pod-product-compliance
Lightning Source LLC
Chambersburg PA
CBHW061746180626
46818CB00006B/2767